GEORGES QUIQUEMELLE

LES
AUGERONNES

POÉSIES

EUGÈNE FIGUIÈRE
Editeur
17, RUE CAMPAGNE-PREMIÈRE, PARIS (14ᵉ)
—
1928

LES AUGERONNES

GEORGES QUIQUEMELLE

LES
AUGERONNES

POÉSIES

AVEC PORTRAIT DE L'AUTEUR

EUGÈNE FIGUIÈRE
Editeur
17, RUE CAMPAGNE-PREMIÈRE, PARIS (14e)

1928

AVANT-PROPOS

Ce sont les rayons lointains de ma jeunesse que reflète plus spécialement ce recueil écrit dans les sentiers qui courent à travers le velours épais des vergers et le long des sillons d'où s'échappent les effluves embaumés des moissons blondes.

Les impérieux et doux devoirs familiaux m'ont souvent détourné des méditations auxquelles nous convie l'immense nature et fait abandonner ma lyre dans le dédale des préoccupations matérielles. Je l'avoue humblement.

Mais cependant, la virtuosité des collines bocagères, la splendeur des plants de

pommiers et aussi les plaintes des déshé-
rités de la vie ont pour le cœur des émotions
tellement vives et éloquentes qu'il est impos-
sible de ne pas les entendre, comme il est
ingrat de ne pas les décrire.

Aussi j'ai rassemblé les feuillets épars
qui contenaient les plus symboliques de ces
impressions afin de les soumettre aux
rigueurs de la publicité.

J'ajoute que la diversité des strophes
n'est qu'apparente, car celles-ci tendent
toutes à célébrer la gloire de ce joyau de la
terre normande qui se nomme le Pays-
d'Auge.

Georges QUIQUEMELLE.

Janvier 1928.

LES AUGERONNES

LA MAISON NATALE

Comme un large ruban la route se déroule,
Hélas, depuis longtemps n'y passe plus de foule,
    Ses gazons vieillis sont déserts,
Le progrès a tué sa vieille renommée
En brisant, du courrier à l'allure enflammée,
    Le fouet claquant dans les airs.

Les échos du vallon taisent l'appel si ferme
Du conducteur de bœufs qu'amenaient à la ferme
    Les soucis du soleil couchant ;
Il est loin le roulis berçant la Rouennaise
Où l'obscur paysan bâillait tout à son aise
    Sur l'estomac du gros marchand.

Il s'en va le temps où, discrète et plus agile,
Passait sans s'arrêter la machine fragile
        Du véloceman élégant,
Lorsque les vieux, déjà, sur la berme épaissie,
Dans leur naïveté posaient la prophétie
        D'un avenir extravagant !

Entre l'encaissement à la légère pente
Et le flot indécis du ruisseau qui serpente,
        J'ai vécu l'âge insouciant ;
Le seuil bordant la route au soleil est rebelle,
Mais de son dos blanchi la maison paternelle
        Jette un sourire à l'Orient.

Ouverte sans défense à toute sympathie
La porte à l'étranger offre sa modestie,
        Et dans les hivers inhumains
A l'âtre hospitalier les flammes se surpassent,
Car sans distinction les indigents qui passent
        Y viennent se chauffer les mains.

Ils suivent, égarés, une inégale voie,
Sous l'annonce du chien qui de sa niche aboie
        En les devinant tout au loin,
A l'aspect du logis s'arrêtent les colloques
Et chacun par instinct fait ressortir ses loques
        Pour convaincre qu'il a besoin.

Dans l'assaisonnement de leur simple cuisine
Ils n'ont pas de dédain pour la source voisine,
    Mais quand l'automne se revoit,
Ils disent, en montrant le plant chargé de pommes,
Que leur protection chasse les anthonomes,
    Que l'on récolte comme on boit.

Et le verger fécond rarement abandonne.
Insensible au fléau, quand il fleurit il donne ;
    Chaque arbre a vécu comme moi,
Vers notre dernier jour nous cheminons ensemble
Et quand l'un d'eux s'arrête et succombe, il me semble
    Que les autres sont en émoi !

RÉVEIL

J'avais juré de rester insensible
Aux doux appels de la Muse en gaieté,
J'avais pensé qu'un dédain irascible
Saurait briser le pacte contracté.

Mais les pommiers, tout vêtus de clarté,
Ont entendu la prière pénible
Du paysan qu'avait déconcerté
Le dénûment de l'automne terrible.

Peut-être alors, riant aux superflus,
Les tonneaux pleins ne murmureront plus
Sur le danger des rigueurs de l'aurore

Le Créateur sera plus indulgent,
Et remplissant son verre à l'indigent
L'humble poète ira chanter encore.

LE CIDRE ROUGE

———

I

Lorsque la pomme martyrise
Le rameau qui cède à l'effort
Et qu'enfin, mûrie, elle brise
Un lien jusqu'ici trop fort.
Loin de toute folle amertume,
Insoucieux pour l'an prochain,
Devant la liqueur que je hume
Je m'inspire un joyeux refrain.

De cidre rouge a-t-on rempli mon verre?
L'ivresse est douce avec les crus normands
Et nos coteaux ont le don salutaire
Du franc-parler pour les rires puissants.

II

C'est le printemps, la fleur éclose
Jette son manteau virginal
Sur le pommier neigeux et rose
Qu'embrase un soleil matinal,

Dans les bosquets, l'amour s'égare,
Tout bas, vers un coin écarté,
Le gars à Suzette déclare
Sa flamme sans timidité.

De cidre rouge il a rempli son verre.
L'ivresse est douce avec les crus normands
Et nos coteaux ont le don salutaire
Du franc-parler pour les rires puissants.

III

Loin de sacrifier l'usage,
L'indigent s'en va certains jours
Conduire par tout le village
La gêne qu'il n'a pas toujours ;
Implorant l'aise charitable,
Hélas, sous le froid il se tord,
Lorsque bientôt à chaque table,
Pour adoucir la faim qui mord,

De cidre rouge on a rempli son verre.
L'ivresse est douce avec les crus normands
Et nos coteaux ont le don salutaire
Du franc-parler pour les rires puissants.

IV

A tout propos, l'homme s'altère,
Et pour vaincre la pâmoison,
Il serait forcé de se taire
Sans une clémente boisson,

Mais tant que Pomone est fidèle
A nous prodiguer ses présents,
Des chansons dont nous mouillons l'aile
Laissons envoler les accents.

De cidre rouge emplissons notre verre.
L'ivresse est douce avec les crus normands
Et nos coteaux ont le don salutaire
Du franc-parler pour les rires puissants.

NID DE PINSON

Les sentiers ne sont plus austères,
Les ramures ont reverdi,
Déjà le bocage attiédi
Est témoin de nouveaux mystères ;
Afin d'imiter le buisson,
Le pommier étale sa robe,
Tandis qu'en un pli s'y dérobe
Un tout petit nid de pinson.

La frêle branche hospitalière
A reçu le duvet léger
Qui sans trêve doit protéger
Les jours de la famille entière :
La fierté s'attache au blason,
Mais chaque affection qui grise
Du couple est aussi bien comprise
Près du petit nid de pinson.

La nitée, au mal étrangère,
Dans un généreux bercement
Se déplace languissamment
Au gré de la brise légère ;

Hélas ! il suffit d'un frisson,
Madame, quand on est volage,
Pour qu'à vingt ans le cœur voyage
Comme un petit nid de pinson.

Le nid observe sa cadence,
De même qu'un canot léger,
Et sans crainte de naufrager
Oscille avec indifférence ;
Le bonheur est à l'unisson,
Car on ne craint pas un déboire
Quand on joue à la balançoire
Dans le petit nid de pinson.

Lorsqu'enfin de grand air avide,
Sous les chauds rayons d'un matin,
Le ménage, au gré du destin,
En chœur laisse le berceau vide,
Mais malgré sa vive chanson,
L'oiseau navré des jours d'orage
Regrettera longtemps, je gage,
Son tout petit nid de pinson.

LA GLANEUSE

Pour les moissonneurs le ciel a souri.
Prête à dépouiller le chaume appauvri,
    L'escorte rieuse
Du faible coteau gravit le penchant,
Tandis que là-bas, tout au bout du champ,
    Attend la glaneuse.

Le grand chariot s'estompe au lointain,
L'attelage arpente aux feux du matin
    La sente poudreuse,
Et, sans s'arrêter, arrive bientôt ;
Dès lors, au travail, s'apprête aussitôt
    L'active glaneuse.

Par d'alertes bras le grain soulevé
Passe de l'éteule au char éprouvé,
    L'aubaine douteuse,
Qu'offre impunément l'épi vagabond,
A déjà su faire, en un joyeux bond,
    Courber la glaneuse.

Pour que l'humble glane emplisse la main,
Quelquefois il faut beaucoup de chemin,
  Mais l'affectueuse
Mère de famille a voulu savoir
Que pour l'indigente un premier devoir
  Est d'être glaneuse. —

Le soleil, vaincu, blêmit ses rayons,
Une fraîche brume annonce aux sillons
  La nuit ténébreuse,
La campagne a geint d'un dernier effort,
Deux ou trois bambins venus en renfort
  Suivent la glaneuse.

L'heure du retour sonne ; à l'unisson
L'atelier complet jette sa chanson
  Lente et vigoureuse ;
Souvent, quand son sort est plus adouci,
Dans ce concert-là l'on entend aussi
  Chanter la glaneuse.

Chante, chante encor de ta fière voix,
A toute infortune il est, tu le vois,
  Une heure oublieuse,
Ris-toi du fardeau qui penche ton front,
Chante, ce n'est pas subir un affront
  Que d'être glaneuse. —

Rude travailleur, père du bon grain,
Dans les gerbes d'or vis en souverain,
Mais crois qu'une gueuse
Honnête et sans pain doit prendre ici-bas
Part à toute fête, et dans tes ébats
Pense à la glaneuse !

GRAND REMÈDE

Le hâle, sans pitié, vous aigrit la luette
Et devient tout le jour pénible à supporter,
Dans l'herbe que juillet finit par effriter
En la faisant pâlir, un soleil brûlant guette.

Au refrain de l'outil qu'il excelle à dompter,
Le faucheur, d'habitude, entonne une bluette,
Mais dans l'accablement son ardeur est muette
Et n'offre plus l'élan qui provoque à chanter.

Quand la récolte est bonne et conjure de boire,
Mourir de soif n'est-il pas le pire déboire ?
Méprisant le trajet qu'il a pourtant prévu,

Non, du repas prochain il n'attendra pas l'heure,
Il sait la cave et court, — au risque d'être vu,
Tendant le bec dessous, — tourner la chantepleure !

LA PRIÈRE DU POÈTE

Donne, ô Dieu, donne au rossignol timide
Qu'au fond du bois à peine l'on entend,
L'expansion, l'azur d'un ciel limpide
Où le décor vaut l'artiste éclatant ;
Du nid moelleux, sur la branche inclinée,
N'enlève pas trop de sérénité,
Donne aux petits joyeuse destinée,
Donne à la mère un excès de bonté.

A la fleur d'or dont la splendeur s'incline,
Donne un tapis velouté pour linceul,
Donne aux baisers de la femme câline
Le doux élan que l'amant comprend seul ;
Laisse effeuiller par des mains attendries
La marguerite avec anxiété,
Lorsque dans l'air planent des griseries
Et que l'aveu vient d'être contesté.

Pour le vieillard qui se soutient à peine,
Qui voit revivre en rêve le passé,
Redis souvent la douce cantilène
Dont son premier bond du cœur fut bercé ;
De l'indigent, l'orphelin et la veuve,
Reçois la plainte et le discret soupir,
Soutiens le faible en la perfide épreuve
Que sans raison parfois il doit subir.

Au pauvre fou qu'a frôlé de son aile,
Comme un éclair le génie en passant,
Ne retiens pas la strophe solennelle
Où se pourvoit son labeur languissant.
Si tu le vois, voyageur sans ressource,
Mourant de soif, s'arrêter en chemin,
O fais jaillir la bienfaisante source
Où chacun boit dans le creux de sa main !

CONCURRENCE

Des moineaux, en leur idéal,
Ont pris pour quartier général
Un lierre
Qui, dans son étroit horizon,
Etreint sans trêve et sans raison
La pierre.

Indifférent à tous les maux,
A l'abri vit dans ses rameaux
Un monde,
Et les vieux font journellement,
Tout autour du casernement,
Leur ronde.

Sitôt qu'au souffle printanier
La récolte du jardinier
Est prête,
Les moinillons des alentours,
Sans scrupule, sont tous les jours
En fête.

Rien ne saurait les entraver,
Ils n'ont souci qu'à se gaver
            De graines,
Jaloux de leurs instincts voleurs,
A grands coups d'ailes ils font leurs
            Fredaines.

Et, quand la gêne en leur réduit
Des ménages fait naître un bruit
            De guerres,
Les autres s'esquivent aux champs
Dans un ricanement de chants
            Vulgaires !...

Va, braconne, selon tes vœux,
Mais abrège, si tu le veux,
            Tes veilles,
Afin que tu sois moins têtu
Et t'éloignes du toit quand tu
            T'éveilles,

Car, sans que les premiers rayons,
Dans leur conquête des sillons
            N'y aillent,
Après ta bruyante oraison
D'autres moineaux, dans la maison,
            Piaillent.

Envieux d'être sous ta loi
Ils voudraient pouvoir comme toi,
Sans chaînes,
Folâtrer autour des buissons
Et s'ébattre dans les moissons
Prochaines.

EN WAGON

Ils affrontent tous trois une lointaine course,
Se conformant enfin au désir généreux
Que témoignaient, avec un transport chaleureux,
Des missives ayant la parenté pour source.

Pas trop récalcitrants à dégarnir la bourse,
Ils prennent le chemin de fer, nouveau pour eux,
Père et mère en leur coin s'extasiant heureux
Devant le paysage et sa riche ressource.

« Hé ! la bourgeoise, dit le père tout à coup,
« As-tu, pour y goûter en route, pris un coup
« De gros cidre ? J'ai soif. » D'un regard en arrière

Elle inspecte et glapit, égouttant le déchet :
« Ton gosse, durant qu'on guignait à la portière,
« De peur qu'il ne s'évente, a vidé le pichet !... »

CROQUIS D'AUTOMNE

Septembre a livré ses merveilles,
La glèbe se tait par degrés,
Déjà sont plus longues les veilles
Et les beaux cieux moins azurés.

Avec regret les hirondelles,
Prévoyant l'amère saison,
Pour le départ toujours fidèles,
Quittent le toit de la maison.

Au hameau, la gaieté se ferme,
Plus de refrains par les doux soirs,
A peine s'entend dans la ferme
Le grincement des vieux pressoirs.

Dans le prélude des alarmes
L'aurore aux desseins inconnus
Fait ruisseler de froides larmes
Sur l'écorce des pommiers nus.

Sous une émotion pieuse,
Pour les réchauffer par instants,
L'aïeul prend dans sa main calleuse
Les mains de ses petits-enfants.

Des bosquets la verte voussure
S'écarte en un rayon brisé,
Comme s'ouvre une meurtrissure
Au fond d'un cœur martyrisé.

Près des halliers l'aile frissonne,
Les gosiers semblent accablés,
D'un même accord la terre sonne
Le glas des fastes envolés !

UNE NOCE AU VILLAGE

———

Les paysans ont mis leur plus belle parure,
Les jeunes, dans la fête, ont le pas sur les vieux,
Tout l'équipage brille et rien, ma foi, ne jure
Sur ce long défilé d'attelages pompeux.

Trainés par un cheval marchant outre mesure,
Sous des regards amis, les fiancés heureux,
Ignorent que ce jour est trop beau pour qu'il dure
Et n'ont point le souci du lendemain douteux.

Puis, tapageuse, suit une nombreuse escorte
De filles et garçons que leur âge transporte,
Venus se divertir en attendant leur tour.

On rit quand son voisin parle un libre langage,
Trêve est faite aux chagrins et chacun se partage
Une folle gaieté dans ce luxe d'amour.

L'ENTAILLE

J'ai découvert, là-bas, dans le parc somptueux,
Deux arbres réunis par un lien sublime ;
Dans leur facile essor, du pied jusqu'à la cime,
Aucun geste inégal ne s'aperçoit entre eux.

Il semble que tous deux, d'unique destinée,
Sans cesse ont confondu leurs aspirations,
Que mêmes sentiments, mêmes émotions,
Ont toujours inspiré leur base enracinée.

Le chêne, conscient de son autorité,
Comme un manteau robuste et symétrique glisse
Sur le hêtre vêtu d'une écorce plus lisse,
Et qui d'un tel appui paraît être enchanté.

Dans cette liaison folle et que rien n'arrête,
Le temps a pourtant mis une plaie à chacun,
Et malgré qu'en dehors tous les deux ne font qu'un,
Leurs bustes ont fait naître une entaille secrète.

Mais si le chêne, un jour, laissait l'autre isolé,
Chose vraiment bizarre, on sent que cette entaille
Du hêtre ne saurait briser la belle taille
Et que son avenir n'en serait point troublé. —

Je connais deux cœurs qui n'ont cessé de se suivre
Depuis longtemps, et dans leurs revers amassés
Ils se sont sans nul doute également blessés.
L'un des deux est parti, l'autre pourra-t-il vivre ?

LE CHATEAU

On le voit, comme un nid tissé dans les ramures,
A l'abri des tourments qu'apporte l'Aquilon,
D'où vont en trémolos d'harmonieux murmures
    Glisser dans les plis du vallon.

De la gare il sourit sous son manteau d'ardoises,
Et par une clairière en décor charmant,
D'en bas il semblerait qu'une ombre de turquoises
    S'élève de son toit fumant.

Ses murs ont la couleur du cidre des prairies
Et la source prochaine un reflet de cristal,
Tandis que sur la route, en longues théories,
    Passe le promeneur féal.

Pour s'incliner devant sa grâce fleuronnée,
En face, tout là-bas, le coteau s'interrompt,
Et dans les soirs épais la ville illuminée
    Lui fait une auréole au front !

Mais sur son piédestal, ce vieux domaine agreste
Qui s'estompe, paisible, en un site enchanteur,
Porte encore en lui-même un souvenir qui reste
    Inoubliable au visiteur.

Chaque relique, cher objet d'un noble zèle,
Evoque fièrement un passé glorieux,
Et la science, alors courtoisement se mêle,
    Aux figures des grands aïeux.

LA HARPE

Il dictait, n'est-ce pas, votre être séraphique,
Ces accords qui trop courts émeuvent jusqu'au bout,
Il affirmait, vainqueur, à l'exquise musique :
La musique n'est rien et l'interprète est tout.

Oui, lorsque voltigeaient sur les cordes tremblantes
Au souffle d'idéal ces doigts obéissants,
La merveilleuse gamme exprimait, concordantes,
Les impressions dont vous brodiez les élans.

Ce chant mystérieux, que vous faisait-il dire ?
Etait-ce le reflet d'un murmure passé,
L'indifférent adieu qui se rit du martyre
Ou le charme divin d'un poème bercé ?

*
* *

Sous le ciel italien que l'azur préconise,
L'entraînant ménestrel va, sa mandore au flanc,
Scandant la tarentelle aux échos de Venise,
Et souvent à fléchir il échoue, impuissant.....

O ! Georgina Smolen, quand tu gémis *le Saule*,
Dès tes premiers accents la foule se troubla,
Car l'instrument avait assujetti son rôle
A grandir ta beauté pourtant rare déjà !...

L'immortelle harmonie est ce qui part de l'âme,
Qu'elle parle d'espoir ou bien de souvenir,
Mais pour la concevoir rien ne peut mieux s'ûnir
Qu'une fleur au printemps, qu'une harpe à la femme.

ILLUSION

Et puis tout s'en va, rires, hirondelles,
Les vives lueurs, soudain, doutent d'elles
    Et vont s'obscurcir ;
Au rameau flétri l'oiseau cherche un gîte,
D'un suprême effort la plaine s'agite
    Pour mieux s'endormir.

Dans le ciel muet s'éveille la trace
D'horizons brumeux qui demandent grâce
    Aux prochains frimas ;
Le décor chancelle en cette hécatombe,
Les velours du sol, quand la feuille tombe,
    Frissonnent tout bas.

C'est le dernier chant, la dernière gloire.
Le silence froid qui dit sa victoire,
    C'est sur le coteau
L'azur qui déchoit, et c'est l'espérance
Qui vend son prestige et son assurance
    Jusqu'au renouveau.

Car dans cet exil un martyre incombe
Aux fastes passés, et jusqu'à la tombe
        Doit être expié,
Et c'est pour avoir fait naître des roses
Que la feuille gît en débris moroses
        Que l'on foule au pied.

Mais nions encor cette esquisse étrange
D'un sombre tableau que bientôt mélange
        L'haleine du soir ;
A l'hiver, il faut se faire rebelle,
Et croyant toujours la nature belle,
        Passons sans la voir !

DÉCRÉPITUDE

Voulant loger son nid, un courageux pivert
S'applique à becqueter dans l'écorce meurtrie
D'un arbre, le plus gros ornant la métairie,
Mais pourtant décrépit et de mousse couvert.

Le tronc ne céde pas à cette barbarie,
On le dirait honteux de mettre à découvert
La brèche que l'oiseau flaire au cœur du bois vert,
Car l'oiseau veut régner sur la tige amoindrie.

Laisse, laisse accomplir ta mutilation
Puisque tu ne sens plus, pommier, l'ambition
D'être comme jadis une idole rustique.

Et lorsque la nitée en ton sein éclora,
En bénissant la vie elle glorifiera
Ton dernier cri d'adieu dans son premier cantique.

LE HANNETON

Sous la jeune feuille,
Inerte, effacé,
Le hanneton cueille
Un sommeil forcé.
Par une clairière
La vive lumière
Du fait coutumière
L'a bientôt bercé.

Il peut sans mesure
Prendre ses repas,
Car la nourriture
S'attache à ses pas ;
Posture agréable
Pour lui toujours stable,
Son lit et sa table
Ne diffèrent pas.

Rarement il ose
Braver le soleil,
Son aile s'oppose
A donner l'éveil ;
Il a pour coutume
D'attendre la brume
Où tout se parfume
Avec appareil.

Mais le jour décline,
La lumière fuit
Laissant la colline
Dans l'obscure nuit ;
Fidèle à son rôle,
Vite notre drôle
Eveillé s'envole,
Quittant son réduit.

Ce n'est plus que fête,
L'insecte étourdi
Va perdant la tête
Dans son vol hardi ;
Rapide il s'embusque,
Par sa course brusque
En heurtant offusque
Et laisse assourdi.

Quelle gaieté franche
Hanneton mutin

Envahit la branche
Bordant le chemin !
Pourtant ce délire
Que l'ombre t'inspire
Naît pour te prédire
Un trépas prochain. —

Ta brève existence
A-t-elle laissé
Moins de souvenance
Que l'homme passé ?
Car, tel qu'à l'aurore
Tout un peuple adore
Dès le soir implore
Un regard froissé.

DANS LA RUE

Elle s'est arrêtée au carrefour et semble
En vain s'ingénier à vaincre le passant ;
Pourtant son geste simple aux autres ne ressemble,
Sont chant veut attendrir et n'est point languissant.
C'est un suprême appel en notes vigoureuses,
Le refrain que vingt fois elle a déjà redit,
Mais dans ce défilé d'existences heureuses
Chacun jette un regard et nul ne l'applaudit.

Et c'est bien cependant, afin de pouvoir vivre,
Qu'elle part le matin et va s'acheminant,
Par l'été poussiéreux ou par l'hiver de givre,
En quête avec entrain d'un jour plus rayonnant ;
Mais au gai répertoire elle ouvre aussi son âme
Car elle a le talent et l'organe à la fois
Qui prodiguent encor plus de gloire à la femme
Sans souci du décor où s'égrène sa voix,

Ses sommaires atours n'ont rien de ceux des riches,
Mais leur simplicité sait mieux faire admirer
Ses grands yeux veloutés, doux comme ceux des biches,
Que son âge à loisir fait ou rire ou pleurer ;
Et comme habilement s'ondule la voilure
Que frôle le zéphyr aux pêches de corail,
A son front, sans effort, flotte une chevelure
D'or luisant comme en ont les saintes d'un vitrail.

Par les jours inhumains, sous le ciel qui l'abrite,
Quand elle se résout, sa mandoline au flanc,
A scander savamment sa chanson favorite,
Son espoir l'enhardit. C'est, dans un rythme lent,
Une scène d'Espagne où la bonne fortune
Plane complaisamment aux toits hospitaliers,
Quand la duègne discrète entr'ouvre au clair de lune
La porte des boudoirs aux hardis cavaliers...

Plus en arrière, mais dans le même sillage,
A pas lents et faisant un arrêt près du seuil
Suit, l'escarcelle en main, le compagnon d'usage,
Car elle sait déjà que parmi chaque deuil,
La souffrance s'endort lorsque toute on l'épanche
Dans un cœur éprouvé d'un semblable malheur
Et qu'on a rencontré pour son front qui se penche
Un autre front marqué d'une même douleur.

DERNIÈRE IDYLLE

Le jour était propice aux garçons trop malins
Qui s'appliquent dans l'ombre à déployer des ailes
Pour faire s'envoler par-dessus les moulins
Les blancs et vaporeux bonnets des demoiselles.

Je connais à mi-côte un arbre décrépit
Se roidissant là-bas dans la campagne nue,
Un pommier que le vent tourmente sans répit
Et qui, dans le lointain, semble atteindre la nue.

Je les vis en septembre agenouillés dessous,
Rassemblant sa récolte avec mélancolie,
Ils l'ont choisi ce soir pour lieu de rendez-vous,
Mais la pomme n'est plus à la branche affaiblie.

Et si rares étaient les fruits idolâtrés
Par le grand dénûment de l'année infertile,
Que pour en retrouver dans le chaume égarés,
De se mettre à genoux serait peine inutile.

*
* *

Par un plaisir ancien que je n'abroge pas,
Le lendemain, sans but, j'allais à l'aventure,
Vers le pommier ami je dirigeai mes pas,
L'aquilon troublait la nature.

Les cœurs ne s'ouvraient plus sous le ciel inclément,
C'était l'austérité d'une plainte qui broie,
Le marasme oppresseur éveillé seulement
Par le cri des oiseaux de proie.

Déjà le rossignol, assailli de frissons,
Taisait au fond du bois son ode triomphale
Et l'on eût dit alors que les rauques chansons
Faisaient augmenter la rafale.

Mais l'arbre résistait, en gémissant parfois,
A chaque enlacement de l'attaque accablante,
Et je crus que la mort encore cette fois
Epargnait sa tête tremblante.

Car pour se garantir du cynique agresseur
Il avait le soutien de sa base endurcie,
Car l'ouragan passait avec plus de douceur
Dans sa chevelure éclaircie.

Pourtant non ! — Tant il est vrai que l'illusion
Se grandit au progrès du mal impitoyable,
Hélas ! le vieux pommier mutila le sillon
    Dans un dernier râle effroyable !

Devant le moribond, les noirs corbeaux surpris
Firent pour un instant trêve à leur jouissance,
Puis venant s'accrocher à ses derniers débris,
    Ils narguèrent son impuissance !

PRINTEMPS ET NEIGE

L'ardeur du renouveau témoignait sa puissance,
Entr'ouvrant la clarté des grands horizons bleus,
Et l'on voyait déjà les bourgeons fructueux
Au rameau téméraire éclos en suffisance.

Mais voici que l'hiver, hôte trop scrupuleux,
Voulant d'un coup d'adieu compenser son absence,
A chargé le printemps d'une grave influence
Et fait sourdre la neige en le ciel nébuleux.

Las ! quel sommeil subit des riches émailleurs !
Les premières beautés s'emplissent de souillures,
Ouelle profonde angoisse où l'espoir renaissait !...

De votre sein gonflé l'image est assez blanche
Et pour vous épargner la funeste avalanche,
Bourgeons, jusqu'en avril serrez votre corset.

DISETTE.

Tonne
Vois,
Sois
Bonne,

Sonne,
Trois
Fois
Donne ;

Rends,
Prends
Honte

Du
Compte
Dû.

REFLETS DU SOIR

O les plaisirs lointains que la plainte terrasse
Sans pitié pour la foi des sentiments premiers !
O les serments vêtus d'une frêle cuirasse !
O les aveux éclos à l'ombre des pommiers !

Le vieillard en vain cherche à retrouver la trace
Que laissent après eux les rêves coutumiers,
Dans les illusions qu'une existence embrasse
Surgissent pour la fin des revers meurtriers.

Toute lueur du soir déçoit et mortifie
Quand le corps épuisé cherche l'inaction ;
Comme un voilier trahi dans sa direction,

Au vent qui nous emporte il faut qu'on se confie,
L'esprit ne conçoit plus des projets d'avenir
Et le cœur froid ne peut que se ressouvenir.

LES FAUCHEURS

Ils ont, dès le matin, commencé leur ouvrage,
Justin, bras retroussés, s'acharne avec courage
A détacher du sol l'opulente moisson
Qu'ondule le zéphyr et secoue un frisson.
A chaque coup de faulx que l'ouvrier rejette.
Sans jamais s'égarer la paille se projette,
En faisceau symétrique aux doigts du javelier;
Nannette va derrière et dans son tablier,
D'un mouvement savant que complète l'étrape,
Ramasse à reculons toute une énorme grappe
Qu'à peine elle maintient de son buste courbé,
Et tous les deux, après chaque sillon tombé,
Reviennent sur leurs pas recommencer encore.
Ce matin, en pleurant le départ de l'aurore,
La rosée avait bien alourdi le jupon
Court de Nannette, mais le grand soleil fripon
Sait réparer l'injure et par sa vive flamme
Faire rêver Justin d'un doux épithalame.

Vers l'éteule penchés jusqu'au soleil couchant,
Tous deux touchent enfin à l'autre bout du champ,
Alors, le coup de faux entr'ouvre une clairière
Où l'haleine du soir arrive tout entière.
Puis le départ s'annonce autour des ateliers,
Les faucheurs à l'épaule ont mis leurs javeliers,
Tout en faisant un choix de joyeuses romances
Que lancent aussitôt des poitrines immenses,
Et ces beaux chants du soir, quand la plaine s'endort,
Sont comme une prière après le dur effort.

LE VENT

Plus de zéphyrs tièdes et souples,
Comme à la dernière saison,
Pour faire roucouler les couples
Dans un accès de pâmoison:

Voici le vent! c'est la mitraille
Qui vous cingle et met en débris,
C'est l'ouragan hurleur qui raille
Sous un ciel nuageux et gris.

C'est un vagabond qui halète
Et dans un soudain branlebas
Aplatit comme une galette
Le pommier qui trônait là-bas.

Ce grand producteur de musique
Contre Mozart a des complots,
Dans son talent hyperbolique
Il veut tenter des trémolos.

Car, pour s'aider d'une embouchure,
Il sait par un bon mouvement
Prendre le trou de la serrure
Et pour alto l'appartement.

On croit voir trembler les coupoles
Devant ses assauts répétés
Et les girouettes sont folles
Sur les toits tout décapités.

Dans l'étang, plus de bruits de source,
Mais surgissent des ronds sur l'eau
Qui brusquement se font la course
Et disparaissent au galop.

Le colosse entraîne et bouscule
Dans les carrefours le passant,
Et d'un coup de poing le recule
Ou le fait fuir en bondissant.

A l'unisson chacun s'exclame
De ce désordre aérien :
« De grâce, ne sortez, madame,
Le vent ne sait respecter rien ! »

LA CHANSON DU PAUVRE

———

La fortune à d'autres donne
      Le bonheur,
Mais pourtant je lui pardonne
      Sa rigueur,
Loin de chercher à lui plaire
Je méprise sa colère
Et ne considère pas
      Ses appas.

Pour flétrir la faim intense
      D'un affront
J'irai suivre avec constance
      L'aoûteron,
D'une ambition facile
Au gain je serai docile,
N'imitant pas l'indigent
      Exigeant.

Contre la soif impudente
J'aurai l'eau
Qu'offre la source abondante
Du ruisseau ;
Malgré sa pâleur austère
L'eau de source désaltère
Tout en laissant à dessein
L'esprit sain.

Et si pourtant je conserve
Le soupçon,
Que l'hiver prochain me serve
De leçon.
J'adresserai ma prière
A l'égide hospitalière
De quelque pommier sans soin
Dans un coin.

Sous sa ramure abaissée
Contre l'air
J'aurai la branche cassée,
Au feu clair,
Et pour calmer la fringale
La nourriture frugale
Qu'on laisse pour la moisson
Du pinson.

LE VIEUX MOULIN

Vous verrez, en passant, un antique moulin
Tout au fond du vallon, au bord de l'eau qui glisse,
L'enduit, noir et cassé, de la tuile est complice
Pour affirmer sa plainte et dire son déclin ;
Au gré des nénuphars, pleurant à sa manière,
Le barrage, troué, n'arrête plus les flots,
Le grenier est désert et les volets sont clos,
Le vieux moulin d'antan a perdu sa meunière.

Dans le sombre décor de cet isolement
La grande roue étend sa splendeur offensée,
La robuste charpente à la pierre adossée
N'a plus sa majesté ni son fier mouvement ;
Pour mieux accélérer leur œuvre meurtrière,
Jusque dans ses augets les ronces ont poussé,
Car, avec l'ornement d'un triomphe passé,
Le vieux moulin d'antan a perdu sa meunière.

La plaine y descendait les trésors de son grain ;
Quand le compte dernier des moissons terminées
Avait donné l'appoint des fécondes années,
Le bonheur s'affirmait en maître souverain ;
Mais le lourd chariot ne trace plus d'ornière
Au chemin incliné sur le flanc du coteau,
Plus de jeune fermier en casquette ou chapeau,
Le vieux moulin d'antan a perdu sa meunière.

Au sommet des halliers touffus des alentours
Eclataient les refrains de mainte vocalise,
Des famines d'hiver, méprisant l'analyse,
Les gosiers égrillards résonnaient tous les jours,
Lorsque las d'explorer la place familière,
Où l'aisance d'alors laissait le grain tombé,
Les chantres des buissons, un soir, ont succombé,
Quand le moulin d'antan eut perdu sa meunière.

L'immense table était mise pour le passant,
Aux midis, que soudain l'angelus illumine,
Le mendiant savait y trouver bonne mine
Avec l'attraction d'un mets appétissant ;
Mais en vain, à présent, il suivait la rivière,
Pour frapper à la porte attendant à dessein
Que la cloche s'ébranle au village voisin,
Le vieux moulin d'antan a perdu sa meunière.

Où sont les temps lointains de la prospérité.
Quand les meules laissaient échapper, fine et blanche,

La farine tombant en discrète avalanche ?
De ces jours de soleil nul rayon n'est resté ;
Mais dans ce souvenir d'hôtesse hospitalière,
Pour encore nourrir le monde et les oiseaux
Et pour faire rêver fermiers et damoiseaux,
Le vieux moulin d'antan regrette sa meunière !

COMME AUTREFOIS

J'avais quitté pour un long stage
L'horizon du rêve choyé,
Mais en vain on trouve avantage
Quand le cœur est sacrifié.

Le retour sourit sans nuage
Lorsque l'on n'a pas oublié,
Le souvenir au doux langage
Sur les ans s'est apitoyé;

Car aux douleurs de ma patrie
La terre ne s'est pas aigrie,
Le bocage a mêmes atours,

Et, loin des alertes amères,
Les fauvettes couvent toujours
Aux anciens nids de leurs grand'mères.

TABLE

Eugène FIGUIÈRE, Editeur

17, Rue Campagne-Première, à PARIS

Téléphone : Littré 84-49

Chèque postal : Paris 364-76

Directeur Littéraire · F. de Joannis — Dr des Services de Presse : Jacques Salève

Dernières Nouveautés

RAYMOND POINCARÉ. — **Paroles Françaises** 6.75

ARISTIDE BRIAND. — **Paroles de Paix** 6.75

S. E. LE CARDINAL DUBOIS, Archevêque de Paris. — **Paroles Catholiques** 6.75

PAUL PAINLEVÉ. — **Paroles de Progrès** 6.75

CHARLES DANIÉLOU. — **Le Carnet d'un Parlementaire** 12. »

XAVIER PRIVAS. — **Trente Ans de Chansons** (en 2 tomes, chaque tome) . . . . 12. »

ADOLPHE ORNA. — **Théâtre I. et II.** . . . . 12. »

ANDRÉ DE LORDE. — **Théâtre de la Mort** . . . . . . 12. »

EUGÈNE FIGUIÈRE. — **Notre Bréviaire** 8.50

GEORGES-ANQUETIL. — **Le Reliquaire de la Mort**, orné de splendides reproductions en trois et quatre couleurs 10. »

PAUL BRULAT. — **Le Passage Dangereux**, roman illustré de gravures en trois et quatre couleurs . . . 8.75

HUGUES LAPAIRE. — **Le Christ des Grands Chemins**, roman illustré de gravures de GAUDE ROZA en trois et quatre couleurs 8.75

ALEXANDRE MERCEREAU. — **L'Evangile de la Bonne Vie** 12. »

F. DE JOANNIS. — **Le Beau Mensonge**, roman . . . . 12. »

Les fameux **PETITS RELIQUAIRES** du Bonheur — des Heures — de l'Amour — de l'Amitié, etc... ornés de magnifiques gravures en trois et quatre couleurs, au prix étonnant de **2.50**

LE PETIT MUSÉE FIGUIÈRE, jolis petits volumes uniques en leur genre en Europe. Texte de GEORGES G. TOUDOUZE, enrichis de magnifiques reproductions en quatre et cinq couleurs, vendus seulement au prix de propagande de . . . . **3. »**

Demandez notre nouveau Catalogue